★ LES POÉSIES DE SAPPHO TRADUITES EN ENTIER POUR LA PREMIÈRE FOIS PAR ANDRÉ LEBEY ★

EX LIBRIS :

DU TRADUCTEUR :

PRÉLUDES TRISTES.

LA SCÈNE, 1 acte, représenté au Théâtre de l'Œuvre le 15 mars 1895.

Poésies de Sapphô

IL A ÉTÉ TIRÉ :

5 ex. sur japon impérial.
10 ex. sur chine.
10 ex. sur hollande van Gelder.
Ces 25 exemplaires numérotés et signés par l'auteur.
250 ex. sur papier vergé à la forme.

★ LES POÉSIES DE SAPHO TRADUITES EN ENTIER POUR LA PREMIÈRE FOIS PAR ANDRÉ LEBEY ★

★ ÉDITION DV MERCVRE DE FRANCE ★ XV, RVE DE L'ÉCHAVDÉ-SAINT-GERMAIN, A PARIS ★ M DCCC XCV.

seront traduites :

Les poésies de Corinne et d'Erinna.

Les poésies de Bacchylide.

Les poésies de Paul le Silentiaire.

« Laisse du vieux Platon se froncer l'œil austère. »

C. B.

simple note.

Vous savez ce que fut que Sapphô. Un de nos grands poètes, peut-être le plus grand, l'exprima en des strophes passionnées. Il est donc inutile que je le redise. Certains philosophes ou érudits moralistes de fâcheuse mémoire, entre autres Otfried Müller, écrivirent au contraire, et fort longuement, pour absoudre sa conduite en établissant la fausseté de ce que tous en savent. Il y a toujours eu, en effet, des gens matériels enclins à débarrasser les morts légendaires des fleurs incertaines dont s'enguirlandait leur souvenir. Or, je ne peux manquer au devoir de certifier que ces gens-là induisent en erreur, et au plaisir de me répéter à moi-même : Sapphô fut très belle. Sa peau était un peu brune. Ses yeux, bleu clair insondable, illuminaient le cercle d'ombre où ils apparaissaient enchâssés.

Elle habita Lesbos. Sur le tard,

elle sortait de sa demeure et regardait les jeunes filles rentrer à Mytilène, enveloppées d'étoffes légères pareilles, à travers la brume du soir, à du brouillard coloré. Pendant les nuits chaudes rafraîchies de brise, elle s'enfuyait dans la campagne près d'une fontaine qu'elle écoutait goutte à goutte couler au milieu du silence; et, comme les jeunes filles ne venaient plus emplir leurs amphores, elle entonnait un hymne à Hécate qui reflétait au loin sur les flots sa lueur d'argent. Elle servit la Déesse, connut les étreintes terribles et les larmes voluptueuses, puis, à la suite d'un amour sacrilège, se jeta dans la mer Egée où maintenant elle dort au fond des grottes sous-marines, couchée sur des mousses mollement humides, immobile malgré les monstres qui la frôlent, la chevelure mêlée à des algues extraordinaires, les mains raidies contre sa lyre. Des chœurs de vierges, conduits par son amie Erinna vers le rocher de Leucade, la pleurèrent dix crépuscules et l'attendirent dix aurores. Leurs plaintes parvinrent jusqu'à la côte d'Asie Mineure; les nautonniers qui les entendirent du large contèrent que les sirènes se préparaient à mourir. Mais le flux ne la rendit jamais à ses compagnes. Ceux qui possèdent une âme médiocre ne pourront pas l'aimer.

Si vous souhaitez des renseignements plus sérieux, les cours de littérature ou les dictionnaires vous en donneront. Aux bibliophiles je recommanderai l'*Iconographie grecque* de Visconti, où l'auteur s'efforce de prouver qu'il exista deux femmes du nom de Sapphô (!), le *Museum criticum* de Cambridge et l'in-8° carré pubié à Hambourg avec une préface, un long index et de longues notes, par J. Christian Wolf (1). De plus, afin d'éviter de nouveaux commentaires, je citerai

(1). Sapphus poetriæ lesbiæ fragmenta et elogia quotquot in auctoribus antiquis græcis et latinis reperiuntur, cum virorum doctorum notis integris, cura et studio Jo-Christiani Volfii, in gymnasio hamburgensi professoris publici, qui

un passage de Maxime de Tyr que je rapporte en latin — et par prudence et parce que mon imprimeur imprime mal le grec, n'en ayant pas l'habitude.

« Sapphus vero (siquidem antiquiora cum recentioribus conferre fas est) quid est aliud quam amatoria ars Socratis? Videntur enim mihi idem spectare uterque; hic cum virorum, illa cum mulierum celebrat amorem. Uterque plurimos se amore fatetur, et ab omnibus formosis facillime capi. Quod enim Alcibiades illi et Charmides et Phædrus, hæ Sapphoni Lesbiœ Gyrinna, Atthis Anactoriaque : et quod Socrati æmuli illi Prodicus, Gorgias, Thrasymacus et Protagoras, hoc Sapphoni Gorgo et Andromeda. »

Sapphô n'a pas besoin de justifica-

vitam Sapphonis et indices adjecit. — Hamburgensi, apud Abrahum Vandenhoeck. MDCCXXXII.

tion; ni la pudibonderie des petites bourgeoises de protester. Une nature vraiment puissante a le droit de se mettre hors des règles communes. Si ses mœurs furent infâmes, que la faute en revienne à son idéal innaccessible. Dès que Phaon parut, elle les abandonna. Quant à moi, entre sa conduite et celle de Socrate, je n'hésite guère. Socrate répugne à mon caractère, Sapphô plait à mon lyrisme. La mort l'a transfigurée.

Ronsard transporta quelques-uns de ses vers en « rythmes françois », et d'autres l'imitèrent ensuite moins heureusement, par exemple Boileau :

... dans les doux transports... etc.

L'an 1681, Mademoiselle Anne Le Fèvre, si célèbre plus tard sous le nom de Mme Dacier, dont Bayle nous laissa un éloge et dont Sainte-Beuve nous entretient au tome IX des Causeries du lundi, publia « *Les Poésies d'Anacréon et de Sapho* », vague adaptation plutôt éloignée de l'original. D'autres, qu'il me paraîtrait superflu de nommer ici, continuèrent. Un libraire en réunit un extrait dernièrement à son tour dans une collection d'Antiques et gâta le volume avec de vilains culs-de-lampe. Enfin, un professeur du lycée Henri IV jugea opportun de les offrir au public une dernière fois. Projet louable, piteux dans sa réalisation, — quoique couronné par l'Académie. En tout cas, jamais cet infortuné public n'eut une traduction complète entre les mains. Cela tient à ce que la plupart de ces fragments ne présentent qu'une ligne. Nous ne sommes point sans l'avoir remarqué ni sans y avoir réfléchi ; toutefois, cette ligne étant bien souvent, à notre humble avis, plus évocatrice que cent, hâtivement construites, de tant d'écrivains modernes, aucune n'a été omise.

Et puis chacune d'elles est une relique.

★

Voici donc cette traduction complète. Nous émettons la prétention d'avoir traduit littéralement et beaucoup mieux que nos prédécesseurs, malgré les difficultés linguistiques du dialecte éolien. S'il n'en est pas ainsi, qu'on se montre pour nous plus indulgent que nous ne l'aurons été pour eux, et qu'on excuse notre tentative : le principal but de cet in-24 est simplement de rappeler un nom splendide à ceux qui pourraient l'avoir oublié.

J'ajoute que je dédie ce court travail à mon ami Pierre Louÿs, auteur de traductions *litterales* bien connues. Et je termine par ce passage de Dioscoride.

« Grande Sapphô, salut! Car maintenant encore il en est qui ont un culte divin pour tes œuvres, immortelles filles de ton génie. »

A. L.

Le texte dont je me suis servi est celui de Eduardus Hiller, *publié à Leipsick* in ædibus B. G. Teubneri — *le meilleur à ma connaissance, bien qu'il ait fallu le rectifier en plus d'un endroit.*

28 Mars 95.

Chants lyriques.

I

Toi dont le trône est ciselé, immortelle Aphroditè, — enfant de Zeus, tisseuse de ruses, je te supplie ; — de dégouts et de hontes n'accable pas — puissante Déesse, mon âme ; — mais viens ici, de même qu'une autre fois déjà — tu entendis mes chants, — alors que tu quittas la demeure de ton père — sur ton char d'or — attelé : il était trainé de beaux — et rapides passereaux vers les terres noires — rapidement faisant tourner leurs ailes, élancés de la voûte du ciel — à travers le sein de l'éther. — Promptement, ils arrivèrent; pour toi, ô bienheureuse — tu souris de ton visage immortel — et demandas : « Eh bien! Que souffres-tu? Eh bien! Pourquoi — m'appeler? — Pourquoi être tombée dans un tel piége, — le cœur en délire? Eh bien! Lequel te fait du tort, — lequel désires-tu mener vers ton amour? Quel est-il, ô — Sapphô, celui dont tu te plains? — Car, s'il fuit, bientôt il te recherchera, — et s'il refuse tes présents, il t'en donnera d'autres, — et s'il ne t'aime pas, bientôt il t'aimera — même si tu ne le veux pas. » — Viens à moi encore maintenant, délivre-moi d'une chagrine — pensée; ce que je célèbre, — ce que mon cœur désire, achève-le! Toi-même — sois mon alliée!

II

Il me paraît égal aux Dieux — l'homme qui devant toi — s'assied, qui, de près, lorsque agréablement — tu chantes, t'écoute — et lorsque tu souris en faisant naître le désir, ce qui — fait battre avec violence mon cœur dans ma poitrine. — Quand, en effet, je te vois, vite, des paroles, — je n'en ai plus aucune — toute ma langue est brisée ; subtil, — un feu bientôt après court sous ma peau, — mes yeux ne voient rien, — mes oreilles bourdonnent. — La sueur coule sur moi, un tremblement — me saisit tout entière; je suis plus verte que l'herbe — et je me sens alors comme sur le point de mourir.

III

Les étoiles autour de la belle lune — dissimulent leur aspect étincelant — lorsque, étant pleine, elle éclaire la terre — de sa lueur argentée.

IV

Tout à l'entour l'eau — fraîche bruit à travers les branches — des arbres fruitiers; — l'engourdissement du sommeil — tombe des feuilles brillantes.

V

Tu es là, Kypris — pour dans des coupes d'or, — mélangé à des fruits rares, — verser le nectar.

VI

Est-ce Kypre, ou Paphos, ou Panorme (qui te retiennent)?

VII

Pour toi, j'abandonnerai une brebis blanche au pied de ton autel.

VIII

Puissé-je, Aphroditè à la couronne d'or — obtenir cette destinée !

IX

Celles qui m'ont rendu célèbre — en me donnant tes dons...

X

Maintenant, je chanterai d'une belle manière ces vers agréables à mes compagnes.

XI

...car celles-ci, je les arrête bien, mais ceux-ci me font le plus de tort...

XII

Contre vous, belles, ma pensée — ne doit pas être échangée.

XIII

A celles-ci le cœur devint froid — et il déploya ses ailes.

XIV

...pendant mon gémissement...

XV

Et que les vents qui égarent... — l'emportent — en même temps que les soucis.

XVI

Dernièrement l'Aurore aux bottines d'or...

XVII

Le cuir brodé cachait des pieds, admirable ouvrage de Lydie.

XVIII

...fardée de couleurs de toutes sortes...

XIX

De tous les astres... le plus beau...

XX

Ou quel autre — de tous les hommes aimais-tu mieux que moi?

XXI

O muse au trône d'or, — tu disais cet hymne que, près de la belle danse aux belles femmes, — le vieillard de Téos chantait agréablement.

XXII

Quand la colère se répand dans ta poitrine, — garde-toi de la langue qui aboie.

XXIII

J'ai couché une fois dans un songe avec Kypris.

XXIV

Si le désir des bonnes et belles choses te saisit — et si ta langue tremble au moment de dire quelque chose de vil — quoique la pudeur n'ait pas instruit ta vue, — tu parleras au sujet d'une chose juste.

XXV

Surtout j'ordonne de saluer la fille de Poluanaktis.

XXVI

Des pois en or naissaient sur le rivage.

XXVII

Lâtô et Niobé étaient deux courtisanes extrêmement amies.

XXVIII

Je me dis à moi-même de rechercher quelqu'un en mariage et [de penser] à ceux qui viennent après nous.

XXIX

Tu me parais être une petite jeune fille privée de charmes.

XXX

Je t'ai aimée, certes, Atthis, un jour, autrefois.

XXXI

Je ne sais pas ce qui me manque ; mes pensées sont doubles.

XXXII

Car, d'un côté, celui qui est beau existe (seulement) pour l'apparence — et, de l'autre, celui qui est bon, à l'instant même, devient beau.

XXXIII

... Couchée sur un matelas — mou, je secoue des coupes.

XXXIV

Nombreux et... innombrables ces vases (et les coupes)...

XXXV

Erôs, comme du vent contre une montagne, déchire, en les rencontrant, — nos poitrines avec plus de force encore.

XXXVI

Comme une enfant, j'ai craint ma mère.

XXXVII

Erôs, l'annonciateur à la douce voix chantante.

XXXVIII[1]

Erôs qui relâche les membres agite [en moi] un reptile inexpugnable et [c'est une] douceur mêlée d'amertume. — Quant à toi, Atthis, tu t'es fatiguée de

(1) Nous avons réuni les fragments 38 et 39 de l'édition Hiller; c'est à tort que ces quatre vers ont été séparés; ils se font suite directement.

mes soins — et t'es envolée vers Andromède.

XXXIX

... Lorsque, veillant pendant toute la nuit, il se prend lui-même.

XL

(Sur la chevelure) des femmes les coiffures — de pourpre brillent — ... dédaignées, — mais, du moins, Phôcas fait envoyer des présents précieux.

XLI

Oui, apporte-moi ma lyre, je chanterai ce qui est courageux (1).

(1) Quelques recueils proposent un autre texte qui donnerait alors : Viens, divine Kély, parle-moi, et ta voix deviendra harmonieuse.

XLII

... après avoir roulé, beaucoup — de cordes autour des gorges molles...

XLIII

plus amoureuse des enfants que de Gellô.

XLIV

Certes, je me suis rassasiée — de Gorgô.

XLV

... [dans] un parfum royal...

XLVI

Quant à moi, j'aime les jouissances voluptueuses — et mon sort est fait de bonté, — de splendeur et d'amour.

(1) Omis par Eduardus Hiller. — Voir Athénée, livre XV.

XLVII

Si tu es notre ami — cherche une jeune épouse, — car je ne pourrais supporter avec patience — que nous vivions ensemble, — étant la plus vieille.

XLVIII

Le cratère d'ambroisie avait été préparé, — mais Hermès saisit une burette et versa du vin pour les Dieux. — Chacun de nous tenait une coupe évasée à deux anses — et buvait ; tous souhaitèrent de bonnes choses — pour le mariage.

XLIX

La lune se couche — ainsi que les Pléiades; c'est le milieu — de la nuit, les heures s'avancent ; et moi seule je dors.

L

Pleine apparaissait la lune ; — elles se plaçaient autour comme autour d'un autel.

LI

Poussant des cris aigus maintenant enfin dans ce lieu, les pieds (allant) en cadence, — elles exécutèrent un danse aimable autour de l'autel (1).

(1) Plusieurs sens peuvent être découverts; celui que nous donnons nous a paru le plus acceptable.

LII

On doit chercher le gazon tendre, brillant et mou.

LIII

... tresser les heures en couronnes.

LIV

La nuit [n'est] pas aussi belle que des yeux noirs.

LV

Toute brillante d'or [je suis] servante d'Aphroditè.

LVI

Tiens-toi devant moi, ami, et dans tes yeux mets de la bienveillance.

LVII

Il a la belle Andromède alternativement.

LVIII

Sapphô, qu'est-ce qui rend heureuse Aphroditè?

LIX

... quant à moi, que j'aie un vêtement léger.

LX

Soyez-là maintenant, belles Karites, et vous, muses aux belles chevelures.

LXI [1]

Je t'envoie un doux parfum, — mais je sers plus le parfum que toi-même — car toi, tu parfumes même le parfum.

(1) Omis par Eduardus Hiller. Voir le manuscrit palatin de Fr. Jacobs où ce fragment est donné — à tort — comme anonyme.

LXII

Il est mort, ô Kythéréenne, le bel Adônis, qui est-ce qui pourrait le remplacer? — Frappez, jeunes filles, et déchirez ma tunique.

LXIII

O Adônis!

LXIV

On dit que Lêda rencontra quelque part un œuf.

LXV [1]

Ces costumes teints de pourpre — ces choses très précieuses, — je te les ai envoyées, Sapphô, ainsi que ces présents gracieux.

(1) Omis par Eduardus Hiller. — Voir Athénée, ivre IX.

LXVI

... descendant du ciel enveloppée d'une chlamyde de pourpre.

LXVII

Chastes Karites au bras couleur de rose, venez, filles de Zeus.

LXVIII

Arès croit conduire Ephaistos par la force.

LXIX

Morte, tu seras étendue ; de ton souvenir, — dans le présent comme dans l'avenir, rien ne restera ; car tu n'as pas ta part des roses — de la Piérie ; mais, obscure, vers les demeures de Hadès — [ton âme] voltigera, avec les ombres à peine visibles exilée.

LXX

Je ne crois pas qu'une seule jeune fille contemplant la lumière du Soleil — doive être pour aucun temps d'une sagesse — telle.

LXXI

... que la villageoise enveloppée d'une robe — ... adoucit l'esprit... — ne sachant pas tirer les robes courtes jusqu'aux chevilles.

LXXII

J'ai enseigné l'amour à une [femme] de Giâre légère à la course.

LXXIII

... mais je ne suis pas pleine de colère — vengeresse, j'ai l'esprit tranquille.

LXXIV

... toi, bel Erôs serviteur.

LXXV

La très belle Mnasidika [a] les mollesses de Corinne.

LXXVI

Aucune n'est fardée, aucune n'est aimable comme toi.

LXXVII

Et toi, ô Justice, que ton agréable chevelure soit couronnée de couronnes — toi, arrachant de tes mains tendres les branches de fenouil ; — car elle est fleurie, la justice, et les Karites bienheureuses — l'aiment beaucoup ; elles se détournent de ceux qui ne sont pas couronnés.

LXXVIII

Moi je te baise, ô douce, à moi... le tendre désir... la lumière et la beauté du soleil sont échues.

LXXIX

La richesse sans la vertu n'est pas un voisin innocent.

LXXX

... et je remue un matelas.

LXXXI

Et toi-même, Kalliope.

LXXXII

Tu prolonges la nuit avec des courtisanes contre ta poitrine.

LXXXIII

Demeurez ici, muses, abandonnez votre or.

LXXXIV

Je possède une belle enfant, ayant une beauté — pleine d'une floraison dorée, seule, aimable, — à la place de laquelle je n'accepterais pas la Lydie tout entière, la Lydie agréable.

LXXXV

Une vision agitée par Kypris.

LXXXVI

Pourquoi moi, ô printanière hirondelle de Pandion?

LXXXVII

... contre son tendre cœur il la serra fortement.

LXXXVIII

Douce mère, je ne puis tisser la toile, — vaincue par l'amour d'un enfant, [vaincue] par la tendre Aphroditè.

Epithalames.

LXXXIX

Pour sa hauteur le palais — Hyménée — célébrez-le, hommes, mes fils ; — Hyménée... — L'époux indifférent marche vers Arès...

XC

Ainsi la femme poète de Lesbos surpasse les étrangers.

XCI

Telle que la belle pomme rouge qui est balancée — à l'extrémité d'une branche, les cueilleurs de fruits l'ont oubliée, — ou du moins ils ne l'ont pas oubliée, mais du moins ils n'ont pu l'atteindre.

XCII

Telle l'hyacinte que dans les montagnes
les pasteurs — foulent aux pieds, [telle]
la fleur qui brille [reste] à terre.

XCIII

Le soir, ramenant toutes les choses qu'avait dispersées l'aurore, — apporte du vin, apporte une chèvre, apporte à la mère sa fille.

XCIV [1]

Petits insectes de la nuit — laissez dormir mon amie et quittez — la chambre silencieuse. — Si vous pouviez comprendre, vous ne suceriez pas ainsi le sang jeune qui rosit sa peau. — Ah ! je

(1) Retrouvé dernièrement dans un vieux manuscrit du XIIe siècle.

n'ouvrirai plus la porte — en tenant une lampe allumée ; — sa flamme vous attire. — Je n'ai pas besoin de lampe pendant que — mon amie dort : grâce à la lune — pareille à un miroir froid — je puis regarder son visage et ses cheveux — qu'elle a dénoués avant de s'endormir. — Vite, petits insectes, partez ; — et si vous voulez du sang, prenez le mien.

XCV

Les pieds allongés vers la porte, — dix savetiers façonnent — des sandales formées de cinq peaux de bœufs.

XCVI

Heureux époux, ce mariage — que tu désirais — est accompli ; tu possèdes la vierge que tu désirais.

XCVII

A toi sa forme gracieuse... — il a désiré s'aller coucher près du visage aimé, doux comme le miel — ... l'amour... — ... appréciant les présents d'Aphroditè.

XCVIII

Est-ce que maintenant encore j'entreprends les jeunes femmes ?

XCIX

Les nymphes ayant été heureuses, que l'époux soit heureux.

C

Je t'estime, ô époux aimé, je me représente [à moi-même] toi beau! — Je me te représente plus beau qu'un souple arbrisseau.

CI

Soyez heureuses, nouvelles mariées, —
soyez toutes heureuses, cher époux.

CII

En effet, une autre jeune fille, ô époux, n'était par telle.

CIII

Virginité, en me quittant où es-tu partie? — Je ne te possèderai plus, je ne reviendrai plus vers toi, je ne reviendrai plus.

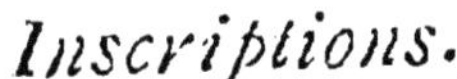

Inscriptions.

CIV [1]

Enfants, je suis muette, mais je réponds, si quelqu'un m'interroge, — par des paroles infatigables déposées à mes pieds ; — à la déesse Ethiopienne, fille de Latone, j'ai été consacrée par Arista —

(1) Gravé au bas d'une statue.

fille d'Ermoclide, fils lui-même de Saünaïada, — Arista, prêtresse et reine des femmes; toi, gracieuse, — accepte son offrande et protège notre race.

CV

Ici est la cendre de Tinas, que, avant l'hyménée, — reçut la couche sombre de Proserpine ; — une fois qu'elle fut morte, avec un fer récemment aiguisé, toutes — [les jeunes filles] de son âge dépouillèrent leurs têtes de leurs belles chevelures.

CVI

Ici, en l'honneur de Pelagon, son père Méniskos a déposé — une nasse et une rame, souvenirs d'une vie misérable.

« Qui des Dieux osera, Lesbos, être ton juge
Et condamner ton front pâli dans les travaux,
Si ses balances d'or n'ont pesé le déluge
De larmes qu'à la mer ont versé tes ruisseaux ?
Qui des Dieux osera, Lesbos, être ton juge ? »

C. B.

ACHEVÉ D'IMPRIMER

le cinq avril

mil huit cent quatre-vingt-quinze

PAR

CHARLES RENAUDIE

56, rue de Seine, Paris

pour le

MERCVRE

DE

FRANCE

www.ingramcontent.com/pod-product-compliance
Ingram Content Group UK Ltd.
Pitfield, Milton Keynes, MK11 3LW, UK
UKHW020312180726
13839UKWH00001B/449